[意] 圭多·巴达萨利 / 著
[意] 玛丽亚·克里斯提娜·普利特利 / 绘
乔侨 / 译

飞越风暴

人民文学出版社　天天出版社

著作权合同登记：图字 01-2025-0272

Original title: Nel cuore dei gabbiani
Text by Guido Baldassarri
Illustrations by Maria Cristina Pritelli
Copyright © 2018 by Giunti Editore S.p.A., Firenze Milano
www.giunti.it
The simplified Chinese edition is published by arrangement with Niu Niu Culture Ltd.

图书在版编目（CIP）数据

飞越风暴 /(意) 圭多·巴达萨利著；(意) 玛丽亚·克里斯提娜·普利特利绘；乔侨译. -- 北京：天天出版社，2020.3（2025.6重印）
ISBN 978-7-5016-1555-1

Ⅰ.①飞… Ⅱ.①圭… ②玛… ③乔… Ⅲ.①儿童小说 – 中篇小说 – 意大利 – 现代 Ⅳ.①I546.84

中国版本图书馆CIP数据核字(2020)第016421号

责任编辑：范景艳　　　　　　美术编辑：林　蓓
责任印制：康远超　张　璞

出版发行：天天出版社有限责任公司
地　址：北京市东城区东中街 42 号　　　邮编：100027
市场部：010-64169002

印　刷：北京博海升彩色印刷有限公司　　经销：全国新华书店等
开　本：880×1230　1/24　　　　　　　　印张：5 1/6
版　次：2020 年 3 月北京第 1 版　　　印次：2025 年 6 月第 3 次印刷
字　数：59 千字
书　号：978-7-5016-1555-1　　　　　　定价：28.00 元

版权所有·侵权必究
如有印装质量问题，请与本社市场部联系调换。

洁白的身影

　　　风雨中的勇者

他觉得，大家听说他的新突破，也一定会欣喜若狂，

现在，生活多么有意义呀！

除了单调地在渔船间蹒跚来去，生活有了更充分的理由。

我们可以改变无知的状态，

可以发掘自己与生俱来的优势、才智和技能。

我们是自由自在的！我们可以学会飞翔！

——理查德·巴赫《海鸥乔纳森》

我们不应该停止探索，

而所有探索的尽头，

都将是我们出发的起点，

并且生平首次了解这起点。

——托马斯·斯特尔那斯·艾略特《四个四重奏》

梦想去远方

第一章

就在几天前,天气预报已经预测到了有暴风雨,但没有人料到它会如此气势汹汹。愤怒的南风将灌木丛连根拔起,折断了树枝,一个躺在街上的空啤酒罐也被吹得翻滚了好几圈儿。

巨大的浪花飞溅起来,越过索比他海湾高高的堤坝,涌到了岸上。

几年前的一天,正是在这样的天气下,一个冒冒失失的小伙子由于太过靠近海岸,被海浪拍倒又被回头浪卷走,永远地消失了。

为了保护渔船，渔民们将它们拴在离港口很远的地方，还加固了系船的绳子。紫色的闪电在乌云中噼啪作响，雷声震动着玻璃窗，停放着的汽车警报器像发疯似的叫了起来。海风肆虐，雨下得更大了，广场、街道都被雨水淹没了。人们都在家中避雨，小动物们也都躲进了巢穴。

没有任何人和任何东西能够抵挡住如此猛烈的暴风雨。但是在灰色的天空中，有一个小白点儿丝毫不惧怕风雨。他有时像在风浪中跌落一般迅速下降，但是当他触及浪尖时就会停下来，张开他宽阔的翅膀，将爪子置于水面上，乘着海浪前行，就像在冲浪一样。

他乘着海浪，自由地来回旋转着。在一朵浪花即将飞溅到他身上的刹那间，他猛地一挥翅膀飞向高空，紧接着又降落在另一朵浪花上。

这个唯一在暴风雨中翱翔的身姿，正是年轻的小渔鸥拉鲁斯，索比他海湾的渔民们都称他为海神尼普顿的海鸥。乘风破浪后，拉鲁斯正在享受低空飞行带来的愉悦——他掠过空气中的水雾，洁白

的羽毛和白色的海浪泡沫融为一体，使他看起来好像消失在海里了。然而每一次，他都会重新飞回高空。现在，他张开翅膀，借助着西南风的力量，逆着风屹立不动。小拉鲁斯是这世间唯一不屈服于暴风雨的生物，他飘浮在空中，将无拘无束的力量转化为自己的优势，与狂风一同嬉戏玩耍。

从很小的时候起，拉鲁斯的父亲就训练他在狂风暴雨中飞行，而他的母亲则在西南悬崖树梢上的巢穴口一边来回踱步，一边担忧地叽叽叫。

逆着风悬浮在空中，并保持静止，这是拉鲁斯最爱的消遣。他喜欢在静止的状态中，感受空气推动身体的力量，倾听耳边呼呼的风声。他张开嘴，贪婪地喝着风，以至于差点儿窒息，接着又自由自在地大笑、歌唱。渐渐地，拉鲁斯学会了借着暖流向上飞，顺着寒流往下降。他能分辨出凛冽的北风、强劲的西南风和湿热的东风；也能识别出雨水的密度，舔一舔雨珠便可以猜到雨水的来历：如果是海枣和姜黄的味道，就是南方的雨；如果是栗子和玉米粥的味道，就是北方的雨了。

闪电是拉鲁斯致命的敌人，如果在飞行时被闪电击中，就意味着会被烧焦。

他的父亲警告过他："如果遇到闪电，那就真完蛋了。"

不过，根据拉鲁斯自己积累的经验，他发现在雷暴期间，云层中会形成像藻类一样柔软的、难以分辨的怪气流，闪电就在这些气流之间形成。现在的他经验十足，能够预测到云层中闪电的路径和征兆，并成功避开它们。

他向父亲解释了这一点，父亲听后夸奖了他。

生活在悬崖顶端，他们经常玩这个游戏——猜闪电会先出现在哪里。

小海鸥拉鲁斯永远是赢家。

第二章

很久以前,在西南边的悬崖上居住着一大群海鸥。与所有的小群体一样,他们有时吵得不可开交,有时只是简单的拌嘴;没什么大不了的,都是集体生活中常见的琐事。一起出海捕鱼时,他们的啼鸣声响彻整个海湾。这些贪婪的捕鱼者钻入水中企图捕到最大的鱼,因此两张饥饿的嘴巴叼住同一只猎物也是常有的事。

"这是我的!"

"不,是我先看到的!"

第二章

"不，我先看到的！"

海鸥们相互啄着对方的脑袋，喧闹声蔓延开来，海鸥群的首领——贤能的海鸥加萨闻风而来。

"大家都知道群体的规矩：一人一半。"

按照规则，两只海鸥分享了战利品，海鸥群重新回归平静。但有时候，也会发生将整只猎物全分给一方的情况。

这是一个保留着古老传统的海鸥群，多年来他们已经完善了和谐相处的规则。首领加萨守护着所有的规则，他总是那么谨慎，他的存在就足以提醒大家不要忘记规矩。当他们吃饱了，就会在岩石上向远处眺望，好像在等待永远不会到来的人一样。其他时候，他们会在海中休憩，平静的海浪是他们的摇篮。

当渔民在他们的船上收网时，海鸥群会在满载而归的拖网渔船上方盘旋。他们白色的翅膀与蓝色的大海相映成趣，啼鸣声在天空中回荡着。

但是现在，那些海鸥不在了。

他们已经消失很多年了。

没有了他们，西南边的悬崖孤零零地坐落在空旷寂静的天空下。

唯有海神尼普顿的海鸥拉鲁斯和他年迈父母的飞翔，能使这片浩瀚的天空少一丝悲凉。

第三章

拉鲁斯很早就学会了飞行。他的父亲开玩笑地说,当他还在蛋里没孵出来的时候,就已经学会飞行了。可以肯定的是,他刚长出羽毛,就毫不犹豫地从悬崖上一跃而下,没有丝毫胆怯。他几乎坠落在岩石上,接着在海面上滑行,惬意地哼着歌,上下盘旋。但是突然间,他惊慌失措地回到悬崖顶上,他的父亲正在那里欣慰地看着他。

"有一只黑鸟,我飞到哪儿,他就飞到哪儿。您看到了吗?"

父亲笑了起来:"那是你的影子,拉鲁斯。我们都有的。"

"为什么?"

"我也不知道,但确实如此。"

"它是干什么用的?"

"没有什么用。也许是为了提醒我们还活着,因为死去的海鸥是没有影子的。"

在刚学会飞行的几天里,拉鲁斯喜欢观察自己的影子:他发现有时候影子在他的下面,有时候在左边或右边,还有的时候会跑在他的前面,就好像要逃跑,并挑衅他快去抓它似的。于是拉鲁斯试图追上它,但是他飞得越快,影子也跑得越快,永远都追不上。

有一天,拉鲁斯对他的影子说:"我现在要把你埋进沙里,把你留在这儿。"他试图把它扔到沙滩上,并用力踩踏。在沙滩上,影子的颜色似乎变得比平时暗了。无论他怎么用力踩、用沙子扔,黑黑的影子总会重新出现,它仍然黏在他的爪子上!

拉鲁斯失望地飞回父亲身边。

"爸爸，为什么我的影子这么黑？它很难过吗？"

"所有的影子都是黑色的。"

"但是我不喜欢黑色的，我想要一个彩色的影子，我希望它快乐。"

"那是不可能的。"

"它会变成彩色的，等着瞧吧。"

接下来的几天里，拉鲁斯一直在想怎么让他的影子变成快乐的彩色，直到他想出一个好主意。他飞进一个苗圃，用翅膀去蹭红色的玫瑰花瓣、紫色的仙客来、黄色的向日葵，把羽毛染成了像鹦鹉一样五颜六色的。他的父母费了好大劲儿才认出浑身脏兮兮的他。

尽管他的羽毛绚丽多彩，可他的影子仍然是黑乎乎的。

拉鲁斯非常失望，他钻进海里，冲洗掉羽毛上沾染的颜色。在接下来的日子里，他郁郁寡欢，如同他的影子一般黯然神伤。

现在他长大了。当他掠过海港房屋的屋顶，飞过海岸或渔船，

第三章

看到自己熟悉的影子时，回想起过去他曾坚信自己能把影子染成彩色并抓到它，但它依旧黑暗、神秘、难以捉摸，自己还曾有点儿伤感呢。想着这些，他笑了。

第四章

拉鲁斯经常栖息的那块岩石叫作玫瑰峰,是这一带悬崖最高的一座玫瑰色的花岗岩山峰,风、冰雹和雨水在这块峭壁上雕刻出了一个像巢穴一样大小的凹槽。

当外面倾盆大雨,或者他不想在狂风中飞行的时候,他就会躲避在这里,倾听海浪拍打礁石的轰隆声和风吹的咝咝声。海浪穿过礁石的缝隙,演奏着世界上最古老的乐曲。

有一天,当他正在悬崖上空盘旋时,一滴雨落在了他的头上。天空看起来并不像要下雨的样子,然而一滴滴的雨水却浸湿了他的羽毛。

他慵懒地飞到花岗岩的凹槽处避雨。他看着落下的雨滴，那么大而稀疏，每一滴都清晰可见。

"当雨滴坠落的时候，它会害怕吗？"他问自己。

顺着他视线的方向，又一滴雨落在了岩石上：雨滴落下，与岩石发生了一次轻微的撞击，碎裂成了千万个小雨滴，它们被弹起来又再一次坠落，碎成数不清的像蒸气般细密的小雨点儿。

"那些坠毁在岩石上的雨滴是会害怕的。"拉鲁斯对此十分确定。

"而谁又知道一滴雨中包含了多少个细小的雨点儿呢？"

接着，他又观察落在沙滩上的雨滴。它们无声地落在沙子上，就好像一个隐形人开心地在沙滩上跳来跳去，留下了圆形的黑色脚印，直至沙子全部被打湿。

"也许它们没有那么恐惧，至少沙子比岩石柔软。但事实上，落到沙子上，它们也会粉身碎骨。"

随后,一个落入大海的雨滴进入了拉鲁斯的视线。这滴雨刚一接触水面,就溅起轻微的水雾,接着消失得无影无踪。他又开始观察另一滴,另一滴雨也是这样,到了水中就消失了;其他雨滴也都是如此。拉鲁斯再也无法区分落入大海的雨滴了。

"当一滴雨落入大海的时候,会发生什么?"后来他问他的父亲。

"成为大海的一分子。"他的父亲回答。

"即使雨水是甜的,海水是咸的,也会成为大海的一分子吗?"

"我想是的,也许不是,谁又知道呢?"

这个答案并没有说服小拉鲁斯。

在接下来的日子里,当他慢慢地滑行时,他不停地问自己:"当一滴甜甜的雨落在咸咸的海中,会是什么样子呢?"

第五章

在一个晴朗的夜晚,拉鲁斯栖息在玫瑰峰的顶端,出神地凝望着夜空。夜空中镶嵌着成千上万个发光点,倒映在这片宁静的黑色海面上。

"你看到那几颗星星了吗?"拉鲁斯的父亲指着东方的天空对他讲,"那是巨蟹星座。你再看看西边那几颗排成行的发光点,那是海鳝星座。你再看北边的那几颗,那是狼鲈星座。"

拉鲁斯最喜欢的是沙丁鱼星座:一大片星星点点,闪闪发光,就像一群聚集起来的沙丁鱼一样。这是他出生时的星座,只有在仰望它时，他才会惊叹不已。在炎热的夏夜里，数不清的星星从天而降，它们飞快地划过黑暗的天空，不知道要落到哪里去，也许会落入某片遥远的海中。

"你要集中注意力，"父亲对他说，"如果你足够幸运，能够看到星星坠入我们这片海中，一定要记得猜猜看它来自哪个星座，然后黎明时分你就去那里捕鱼——如果那颗星星是来自狼鲈星座的，你就能轻易地捕到鲈鱼；如果那颗星星属于沙丁鱼星座，那么你将会拥有享用不尽的沙丁鱼。"

他的母亲则用不同的方式教导他："那些遥远的光点隐藏着世界上最深的秘密，而星座知道每只海鸥心中的秘密。如果你学着去解读它们，你就会知道所有海鸥的心思。"

无数个夜晚，拉鲁斯都抬着头，盯着星光熠熠的夜空，决心去探寻它的秘密。但每次他都毫无所获，最终都因考虑一颗星与另一颗星之间的距离而分心。

"在黑暗中飞行的感觉如何？当没有了星星，夜晚的大海会是怎样的呢?"

海鸥没有猫头鹰的眼睛,在黑暗中他们是盲目的。然而,拉鲁斯坚信,如果他在日落之后、大海消失在无边的黑暗里之前,抑或在黎明前阳光尚未驱赶黑暗时练习飞行,他的眼睛就会变得像真正的猫头鹰一样强大。

于是,拉鲁斯变成了悬崖上每天最后一个回去睡觉、第一个醒来练习飞行的海鸥。

但是他并不满意,他甚至想没日没夜地练习。

在索比他海湾一座山峰的某一侧,拉鲁斯发现了一个洞穴入口。洞穴很深,穿透了岩石腹部。在他祖父的曾祖父还在世的时候,索比他海湾的港口还只是用来停泊大型船只的码头,人类在这个洞穴里开采石料,然后装进货舱里。

当时战争频发,人类像蚂蚁一样在地下劳作,从石头中提炼出制造步枪和大炮的铁矿。洞穴时不时地就会坍塌,将里面的人永远地埋在地下。但是,人类的挖掘工作却从未停止。甚至许多渔民的孩子都选择钻进矿井，永远地抛弃了渔船。而附近只剩下一些老人出海了。

然而，有一天，一艘大型轮船停靠在了索比他海湾。虽然战争仍在继续，但是没有人再对那些石头感兴趣了。许多人离开了山洞，里面只剩下工具、挂架、巨石和灰尘。房屋倒塌了，教堂也倒塌了，甚至连山边的道路都塌陷了，周围还停放着废弃的货车、铁轨和列车车厢。人类在俯瞰大海的悬崖上挖出了一条隧道，拉鲁斯开始在那里飞行。

拉鲁斯第一次迅速地从明媚的阳光下过渡到黑暗的地方。他幸运地避开了一个生锈的金属支架，然后停在一旁休息。他隐约听到了幽暗深处发出的吱吱声。

他仔细地听着。

只有海浪拍岸的声音在隧道中回荡。

他飞入隧道，太阳的光线变得越来越弱。没过多久，连海浪拍岸的声音也消失了，周围被黑暗笼罩着，一切都显得那样静谧。他

又停下来仔细地聆听，吱吱声又从某个角落里传来。

他被恐惧笼罩着，迅速飞走了。

第二天，他又飞回来了。

他的眼睛已经习惯了黑暗，他鼓起勇气，开始小心翼翼地向洞穴深处飞去，直到勇气耗尽。

拉鲁斯停了下来。

他继续聆听着。

他面前的东西开始变得模糊不清了，随后耳边再一次传来了吱吱声。他在无边的黑暗中伸出爪子试着去触碰地面，张开一只翅膀去靠近岩壁，另一只翅膀则向前倾，摸索着前行。

那声音变得更加清晰，仿佛要出来迎接他一样。他感觉到一对无声的翅膀在他头顶上方盘旋，还有其他几只在他周围飞来飞去。此时，周围大合唱的队伍变得壮大起来，鸣叫声震耳欲聋。拉鲁斯发出一声啼鸣，回声在黑暗深处弹了回来。他被那些翅膀追赶着，向洞口的阳光处飞去，随后从悬崖上一跃而下，飞入

第五章

海中。

　过了一会儿,那些被强烈的太阳光照射得眼花缭乱的蝙蝠重新飞回了隧道,因为只有那里的黑暗才能令他们安心。

第六章

在悬崖的顶端,拉鲁斯伸直脖子,眯起眼睛,凝视着前方,目光迷失在浩瀚广阔的大海和天空之中。他被下面的风景所吸引——那可见的边界,天空与大海交融的地平线。

"我想知道那条路线的另一端是什么。"他很疑惑,"我想知道大海是否有尽头。如果它有尽头,那在它尽头的那一端又是什么?"

他问父亲。

"这真是个奇怪的问题,孩子。"年迈的老父亲答道,"从来没有一只海鸥想过要到下面一探究竟。"

"为什么？"

"有什么必要吗？我们在岩石上生活得很好，拥有足够多的鱼，什么都不缺，没必要再到别处去寻找了。"

但是拉鲁斯关心的并不是鱼，他对下面的世界更感兴趣。

"您觉得，"他坚持问父亲，"那里离我们究竟有多远？需要挥动多少次翅膀才能到达那里？"

"太远了。你需要挥动成千上万次翅膀，甚至可能是数十亿次。没有哪一只海鸥的翅膀足够强大，能飞越如此遥远的距离。如果有谁想要尝试，肯定会掉进海里喂梭鱼。"

父亲的话令他大吃一惊，原来大海如此浩瀚。

"在天空和海洋的尽头会有什么呢？"他独自沉思着，"是像从悬崖上坠入空气中一样吗？"

他仔细地凝望着，下面看起来也没有那么遥远。然而，父亲的话令他小心翼翼起来。

过了一段时间，他忘记了下面，又对上面的世界充满了兴趣。

天空的尽头在哪儿？在云彩的上面又有什么呢？在星星之外呢？在太阳之外呢？

伴随着这些新的疑问，他每天都抬着头仰望天空。

这次，他没有和父亲谈论这件事。

他觉得到上面一探究竟比去下面更容易些。"我向上飞，"他想，"如果无法到达天空的尽头，我就合上翅膀自由下落，那样就可以回来了。我只需要在撞到地面之前再飞起来就好。"

第一次尝试是从沙滩开始的。"如果我没有成功，"他想，"最好能落在沙滩上。"

很快，他意识到海鸥不能像导弹那样垂直起飞，他必须画一个大圆圈，然后像绕着一根杆子那样螺旋式上升，去征服越来越高的天空，直到天空的尽头。但是要做到这些，他需要钢铁般强劲的肌肉和羽毛。拉鲁斯感到精疲力竭，不过他还是到达了非常高的地方。一切都变得很渺小，他从未见过的那样渺小。他穿越云层，人类的

第六章

飞行机器在那里飞，它们的发动机甚至能够把他吸进去并搅碎。他在晴朗的天空中继续向更高处飞去，云彩都被他踩在脚下。他飞得越来越高，呼吸也越发吃力，缺氧的感觉如同潜入海底深处。他拖着疲惫的翅膀，呼吸短促，有一种濒临昏厥的感觉。

"如果我晕倒，"他想，"就会摔到地上，我不能再往上飞了。"他抬起头，找寻天空的边界；但是被一束难以阻挡的光照得睁不开眼睛，他只看到了天空、天空、天空，只有天空。

他合上翅膀，任凭自己随风飘荡。

他的身体在坠落中失去了控制，空气将他的羽毛冷却，使他的肌肉放松。他在撞击到地面之前，重新获得了张开翅膀的力量。

他落在温暖的沙滩上，疲惫地睡着了。

第七章

每年春天和秋天,从大海的边界那里,都会飞来一群鸟。他们拥有强壮的翅膀,能够日夜不歇地飞行。

拉鲁斯等待着他们的到来。

这些"天外来客"的羽毛与拉鲁斯的不同,有暗色的,有杂色的,还有斑点的。他们的体形或大或小,眼睛细长或圆圆的,嘴巴则是扁平的、钩状的或短的。他们是候鸟。

聆听着海风,拉鲁斯能在看到他们之前就准确地预感到是谁来了:如果微风中有画眉鸟的鸣叫声,画眉鸟就会从他的头顶上飞过;

第七章

如果风中有燕子叽叽喳喳的叫声，就是燕子们在空中快乐地飞翔；风中百灵鸟的鸣叫也宣告着他们的到来。拉鲁斯对这些不同的歌声着迷，试图模仿它们，但是从他的嘴里传出的却是古怪的、难以言喻的声音。他希望能够与他们交谈，听听来自大海那边的故事。

有时，有一些鸟因为经过漫长的旅程而疲惫不堪，会落在沙滩上恢复体力。拉鲁斯想，这可是去接近他们并向他们提问的最好时机。

但是人类也在伺机而动：他们手持步枪，潜伏在沙丘后面，等着把鸟从天空中射下来。这些"天外来客"被射中后摔在地上，训练有素的猎犬立刻跑过去把他们叼回来，送到主人的手里。

就这样，许多鸟都死了。

拉鲁斯并不害怕武器，他的父亲教导过他人类不会杀害海鸥，因为他们害怕命运的诅咒。

在好奇心的驱使下，他多次尝试着去接近栖息在沙滩上的候鸟们，但是他们惊恐万分。只要一看到拉鲁斯来了，这些鸟就立刻鼓足了劲儿，朝内陆飞去。之后的整个暖季，他们都待在那里，唱歌、繁衍后代。

有一对候鸟飞到悬崖附近，在爱神木的灌木丛中跳舞。他们互相追逐、躲藏，然后再次出现；他们用嘴叼起黑莓和野茴香种子，飞回树林里。

当暖季结束时，这些候鸟会聚集在一起，带着他们在暖季时出生和长大的孩子们，开始回程的飞行。

拉鲁斯在远处陪伴了他们一程。

有一天，一只羽毛呈灰色、眼睛又黑又大的候鸟转过身来，向拉鲁斯致意。拉鲁斯既兴奋又疑惑，他加快速度追了上去。这时，两只雄性候鸟突然脱离队伍，准备随时向拉鲁斯发动攻击。

他非常难过地停了下来，留在原地，目送着他们离开，直到他们在红色的夕阳下变成了一个个小黑点儿。

候鸟们不会在他们的队伍中接纳不相干的外人。

他转过身去，回到悬崖顶端，再次凝视着他们离去的方向。

第八章

那是风和日丽的一天,温暖的阳光使拉鲁斯洁白的羽毛变得暖和起来。经过了几天的暴风雨,巨大的风浪使他精疲力竭,他对自由的追求也消耗殆尽了。他栖息在静谧的海边的一块岩石上睡着了。

晴朗的天空倒映在平静的蓝色水面上。

"天空几岁啦?"两天前,他问过父亲。

"我不知道,我从来没有问过自己这个问题。"父亲一边忙着用嘴咬碎一条鲻鱼,一边回答道。

他的祖父曾经告诉他，当海鸥从蛋中孵出来的时候，天空就已经存在了，否则他们在哪里飞行呢？虽然他的祖父已经去世一段时间了，但是他仍然记得许多有关祖父的事情。

拉鲁斯凝视着那个永恒的蓝色穹顶，头一会儿歪向这边，一会儿歪向另一边。他警惕的目光中突然出现了一个银色的、几乎看不见的小点儿，从上面很高的地方划过天空，在它身后留下了一条直直的、狭长的白色痕迹。他突然想起来，曾经的某一天，当他还是一只雏鸟的时候，他就看到过它。

"为什么那只鸟会这样做？"他立刻去问父亲。

"那不是一只鸟，它是人类的飞行机器。它之所以这样做是因为……它想要如此：它飞过的时候，想让所有人都看到它飞过去了。"

"那为什么我们飞过的时候不会留下白色的痕迹呢？"

"因为我们就是我们啊！当你飞翔的时候，你想要从你的羽毛中冒出烟雾的轨迹吗？你是一只海鸥，儿子，不是排水管！我们可

以在任何我们喜欢的地方自由自在地飞翔，不留下任何痕迹。"

拉鲁斯迷惘地回过头来，看着那条像在天空中做标记的白色痕迹，继续说道："我也想留下这样的痕迹。爸爸您想想看，我要把我的名字写得像天空一样大，这样所有的人都会说：'看哪，是拉鲁斯！'但我不会像它那样留下一条直线，我会做各式各样的曲线滑行，使飞行的轨迹交织在一起，在天空中画出许多的岩石和鱼；或者我会上下飞舞，做那些别人都无法理解的事，这样他们就会说：'你们快看，今天拉鲁斯留下的痕迹多奇怪！他想要表达什么呢？'再或者，如果我生气了，我就画出邪恶的眼睛和尖尖的嘴巴，这样一来，所有人都会知道：'拉鲁斯今天心情不好！'那该多棒呀，爸爸！"

父亲默默地听他讲完，摇了摇头。

"你真的确定这是一件好事吗？"他的父亲问他，随后飞走了。

拉鲁斯不明白，他整个晚上都在想着怎么能在飞行时留下痕迹。

第八章

他想尽了一切能用来留下白色痕迹的东西，终于他有了灵感。

奶！他需要的东西就是——奶！

在悬崖附近的广阔田野上，住着一位牧羊人。他有一个羊圈，每天晚上他都把山羊聚集到一起挤奶。通常拉鲁斯都离他很远，因为他受不了这些动物的浓烈气味。但是这次例外，他非常期待能够用山羊的奶在天空中写下自己的名字，他甚至没有察觉到气味比往常更浓烈了。

牧羊人清洗了动物们的乳房，并将一根奇怪的管子连到他们身上，奶就通过管子流进了大水桶里。

"你走开，沙丁鱼杀手！"山羊们一看到他，就开始尖叫起来。然而，拉鲁斯并没有胆怯，而是落在一根杆子上研究着装走奶的办法。

"你想干吗？"牧羊人嘲笑道，"难道是沙丁鱼不够吃了，你想要奶酪吗？"随后他开始自言自语，对自己有趣的回答沾沾自喜。

牧羊人在那些动物中间徘徊，放开已经挤过奶的山羊，清洗着准备要挤奶的山羊。看到拉鲁斯还没有离开，牧羊人继续跟他说道："你还在这儿干吗？你想要学习如何成为牧羊人吗？那么咱们来做个交易：我教你挤奶的本事，你给我一些鱼作为回报。"

拉鲁斯一会儿用右眼看着他，一会儿用左眼看着他，完全没理解他在说什么。然而，他注意到牧羊人已经将奶倒入了一个破的陶器杯，并把杯子放在他所栖息的杆子上。

"让我们看看，海鸥是不是也喜欢喝奶。"那个男人说着走远了一点儿，等待着拉鲁斯的反应。

拉鲁斯的直觉很准确。杯子触手可及，他从杆子上轻轻滑下，刹那间将它一扫而空，立即转身飞走了。他快速地拍打着翅膀返回悬崖，因为他想让他的父母都能看到他在天空中写下自己的名字。

他的父母正栖息在他们平时最喜欢的那块岩石上。他们看到小拉鲁斯朝他们飞了过来，在他们的头顶上空表演着奇怪的杂技，并且在身后留下了像雨滴似的白色液体，没过多久就把大家都淋得湿漉漉的。

第八章

拉鲁斯笑了。

天空中没有留下任何痕迹，但是他的嘴里却残留着他不喜欢的山羊奶的味道。于是，他飞向大海，潜入水中捕捉沙丁鱼，来清除他嘴里的味道。

拉鲁斯栖息在海岸边的岩石上，仰望着天空中飞机航行留下的白色痕迹，那条痕迹慢慢变宽，然后渐渐地消失。他想，如果清澈的蓝天完全被他乱涂乱画的签名、恐怖的眼睛和尖尖的嘴巴所覆盖，会是什么样子？或者有其他鸟在天空中乱写乱涂，留下它们的名字，也许还会发生激烈的争执，因为在一场彻头彻尾的争吵中，在一片满是涂鸦的天空中，一条痕迹会覆盖或擦掉另一条痕迹。

最后他想："幸好天空中没有留下任何痕迹。"

第九章

天还没亮,拉鲁斯就试图唤醒正在沉睡的父亲。

"爸爸,为什么会有大海呢?"

"咦?谁?什么?怎么了?"父亲在睡梦中喃喃地说。

"大海,爸爸,为什么会有大海?"

"但是……现在是几点?你觉得是时候……"父亲嘟囔着,然后把自己的头埋在翅膀下面继续睡觉。

然而,拉鲁斯并没有放弃。

"如果没有大海,那么就不会有鱼。那我们呢,爸爸?也不会

第九章

有我们，对吧？爸爸！喂，爸爸！"他看到父亲睁着眼睛，但是仍然在昏睡着，继续说道，"如果没有大海，只有布满山羊和野兔的草地和山丘，那样会更好吗？但是我们呢？爸爸！您快说话呀，爸爸……"

但是，他的父亲像石头一样继续酣睡着。

"爸爸，快醒一醒！回答我！为什么会有大海？"

他束手无措。

他曾经也试着去问祖父。他的祖父是一只年迈的老海鸥，没人能看出来他是醒着还是睡着了。

"爷爷？喂，爷爷！"

"嗯，嗯？"

"为什么会有大海？"

"啊！这真是个好问题。这的确是一个美丽的秘密，我不知道该怎么回答你。我只知道我喜欢大海，虽然我的人生即将结束，但是它让我这一辈子都收益颇丰。而你呢，还拥有大好的青春，可以飞到你想要去的任何地方。为什么有大海，可能有一天，你会自己找到答案。"

伴随着黎明的第一道曙光，他带着疑问张开翅膀，飞过大海。他喜欢清新的空气，喜欢潜入昏暗的水中突袭沙丁鱼群，吓得它们飞快地逃走。

"我可以去问问我的朋友。"他想。

拉鲁斯认识时间最久的朋友中，有一只长着弯曲嘴巴的长嘴鸟、一只苍鹭和一只鱼鹰。他们大多时候都栖息在悬崖和沙滩之间的一条汇入大海的河岸边。他们将爪子浸在水里，等待着鱼在他们的脚中间穿梭时捕到它。

他们很少飞行。

苍鹭半驼着背，脖子收缩在翅膀间，紧闭着嘴巴，能够保持几个小时一动不动。鱼鹰不是一个好伙伴，他一会儿扎进水里，一会儿又出来，一直忙着捕捉鱼虾。

拉鲁斯问他们是否知道大海为什么会存在，而他们连看都不看他一眼，继续专心致志地捕鱼，就好像没有听到他说话一样。

拉鲁斯喜欢探索和飞翔。他喜欢在悬崖边的一个农场上空滑行，这是他最喜欢玩的一种游戏，而且乐此不疲。农夫把一些奇怪的鸟圈在一个大篱笆里面，虽然他们有翅膀，却不会飞。那些鸟每天来回踱步度日，啄着农夫每晚给他们带来的种子，十分可笑。人类把他们称作鸡。

他第一次飞过篱笆上方时，鸡都变得坐立不安、四处乱窜，寻找藏身之处。在他们中间，有一只与众不同的鸡，他拥有高耸的鸡冠和鲜艳的羽毛，他挺起胸脯，唱着战歌：喔喔喔！

他指着拉鲁斯，像是在向他发出挑战。

拉鲁斯不理解小鸡们如此躁动不安的原因，他觉得一定是他还没意识到危险正在迫近。当他得知这场混乱的起因竟然是他自己时，他疯狂地捧腹大笑起来。他对此感到骄傲并且兴致勃勃，他时不时地会突然落在鸡舍上，使母鸡都感到害怕，公鸡都非常愤怒。然后，他满意地迅速腾空，身后传来农夫的谩骂声："走开，沙丁鱼杀手！

你如果把他们吓坏了,我就一个鸡蛋都得不到了!"

在很长一段时间里,这都是他最喜欢的游戏,但是之后就觉得无趣了。因此,为了打发无聊的时光、驱赶忧郁,他偶尔会去追逐麻雀或鸽子,但最后也同样变得索然无味。

没有谁能在飞行上与他相提并论。

至少还有其他海鸥!

有一天,当他在索比他海湾的堤坝上空飞行时,他看到了一大群海鸥在鱼市的墙壁前面飞行。他们在湛蓝的天空中展翅高飞,但是并没有扇动翅膀,而是一动不动地保持着一种奇怪的姿势。

拉鲁斯兴奋起来,发出了一声尖叫。他迅速地加入了他们的队伍,但是他发现自己只能在他们面前独自盘旋,因为那些海鸥是由当地一位艺术家画的壁画。

当拉鲁斯问父亲他们的族群到底发生了什么事时,他的父亲有些逃避:"我不知道。"他支支吾吾地答道,"有一天早晨我醒来的时候,悬崖上就只剩我一个了。"

"你没有听到什么动静吗?"

"没有。"

回忆起这件事,父亲的目光变得忧伤起来,他又拾起了那套旧理论:"永远不要忘记你是一只海鸥,你天生就是自由的,你有翅膀可以飞翔。即使再难,你也要始终保持真实的本性。"

拉鲁斯不理解他的话是什么意思,但是现在他已经习惯了父亲常常说一些莫名其妙的话。

有一件事他很清楚:父亲很担心他。

"那是个奇怪的年代。"父亲对他重复说着,并没有解释原因。

有一天,父亲想要教他如何躲避捕食者的攻击。

"那些猛禽,"父亲这么称呼他们的天敌,"会在顷刻之间抓住你。他们从天而降,在你反应过来之前,就已经咬断了你的脖子。一旦你看到他们的影子迅速扩大并扑向你的时候,要赶快躲起来;如果你没有找到藏身之处,就赶紧潜入水中。

为了确认他是否理解了,父亲时不时地向他提问:"当你看到阴影笼罩着你时,你该怎么办?"

"我会逃走,然后躲起来。"拉鲁斯带着一丝不耐烦回答道,"如果没有藏身之处,我就钻进水里。"

父亲不再只满足于理论上的教育,他给拉鲁斯做了一场实战演练。当他看着儿子飞得有些分心的时候,他就像一只猛禽一样扑到他身上,去咬他的脖子。最初几次,拉鲁斯感到非常生气:"停,停,爸爸!这有什么意义呢?您又不是猛禽!"

爸爸说:"这对你有好处!如果我真是猛禽的话,都不知道你已经死了多少次了!"

被咬了很多次后,拉鲁斯学会了要留意自己周围的每一个影子。在一个安静的春日,虽然受到了蜻蜓飞行的干扰,他还是第一次成功地逃脱了袭击,潜入了水中。还有一次,在听到嘴巴嘎的一声咬下去之前的一瞬间,他迅速地飞向另一个方向,让父亲的袭击扑了空。

他开始变得擅长估算阴影俯冲的速度。有一天,他躲开了父亲的攻击，并向后翻了一个跟头，在空中转了个身，飞到了父亲的上方，第一次成功地回击。那是一个儿子对父亲的、开玩笑似的轻轻一啄。

父亲非常骄傲，从此停止了对他的训练。

第十章

拉鲁斯在玫瑰峰顶全神贯注地眺望时,一片栎树的叶子好像一只恶毒的手冷不防地击中了他,他的右眼被划伤,甚至流出了眼泪。

他转过身来。在悬崖附近的山坡上,一阵突如其来的风把栎树和榆树的树枝吹得乱摆。就在前一刻,还是风平浪静的;而此时,热气从地面上升,形成一阵剧烈的龙卷风,把灰尘、枯树叶和人类丢弃的垃圾吹得满天飞。

这是拉鲁斯第一次看到龙卷风,因为好奇,他钻了进去。紧接

第十章

着,他发现自己像在一个疯狂的旋转木马上猛烈地旋转摇晃起来,他被灰尘迷了眼睛,羽毛也被风吹得乱糟糟的;他无法保持飞行的姿势,他感到头晕,肌肉酸痛,接着被甩到了地上。

他再也不敢钻进龙卷风里了。

然而现在,击中他的叶子让他产生了一个新的疑问:风来自哪里?它为什么会吹动?

看到龙卷风从太阳升起的山丘上卷土而来,他想,如果他迅速地到达那里,肯定可以发现风的来源,还可以看到是谁用这么大的力气吹它的。

他逆着风展翅起飞,绕过即将扑面而来的龙卷风气旋。顶着如此强烈的大风飞行是件非常辛苦的事。他必须半睁着眼睛,防止灰尘进入眼睛里。在山顶附近,风改变了方向:它不再是来自太阳升起的地方,而是来自冷空气降临的地方。他用力地挥动翅膀转弯,朝着与悬崖平行的冷气流的上方飞去。

"你别躲我呀,"他说,"我想瞧瞧你是从哪儿来的,又是谁让

你吹到这儿来的。"他跟风讲话，像是把它当成一个同龄的朋友，他想知道它的家在哪里。

一整个早上，拉鲁斯都在飞行。他沿着冷空气向上飞去，嘴巴和爪子都冻僵了。直到中午，风再次改变了方向。它再也不是来自冰冷的地方，而是从太阳落山的地方吹来。

拉鲁斯决定，不管它藏在哪儿，都要跟着它，于是改变了飞行路线。他在广阔的大海上飞行，他的影子在荡起涟漪的水面上滑行。他已经飞离海岸很远了，海岸线与地平线几乎融为一体。他从来没有自己飞到过这么远的地方。之前他都是跟着索比他海湾的渔民出海，才能到达离海岸很远的地方，偶尔还可以落在渔船上休息一会儿。他从空中俯瞰的时候，一直都觉得渔船很小，因此，当他看到一艘巨大的轮船从他下面驶过时，他感到无比震惊：他从来没想象过人类可以制造出像西南边的悬崖那么大的船只，甚至比他栖息的玫瑰峰还要高。

他想要去那里落脚休息，但是他害怕风会吹得更远，害怕永远都赶不上它。直到下午过去了一半,他仍继续逆着风展翅飞翔,直到风再次改变了方向,一阵阵狂风肆虐。现在,风不是从太阳落山的地方吹来,而是来自炎热的沙漠。在这强劲大风的吹拂下,大海瞬间变得波涛汹涌,颜色也从原本的湛蓝色变得像乌云堆积的天空一样黑暗。

"我不会回头的,"拉鲁斯对着风大声喊道,"我不怕你。你不知道吗?我可以在闪电中飞翔!"

他这样说是为了让自己振奋起来,因为逆风飞行已经使他筋疲力尽了。

倾盆大雨将他困住,厚厚的雨水阻挡着他的视线,他飞得慢了下来;随后,雨戛然而止,就像它开始时那样突然。不久后,乌云散开了,拉鲁斯在夕阳的照射下,在红色的天空中飞了回来。又过了一会儿,似乎连风也停了,四周的一切都静止了,安静缄默。接着,一阵风突然从山丘的背后吹过来,它又回到了太阳升起的地方。

第十章

当一整天不间断的飞行结束时,拉鲁斯感到疲惫不堪、饥肠辘辘。他知道风在跟他开玩笑,让他兜了一圈又回到了原点。

第十一章

有些日子,拉鲁斯百无聊赖。他对任何事都感到不耐烦:如果有人跟他说话,他都恶语相向,他不知道自己想要什么,不知道该怎么办,也不知道要去哪儿。他无聊地飞翔,甚至希望他的父亲能够重新开始给他设埋伏,至少他能有些事做。

然而,无聊悄悄地钻进他的羽毛里,让他感到孤独,然后吞噬了一切。

他偶尔会漫无目的地飞来飞去。去跟随一只海燕的飞行轨迹,模仿一只蝴蝶扇动翅膀,或者钻入海中去捕沙丁鱼,不是为了饱腹,

第十一章

只是出于无聊。

有时,他喜欢模仿沙滩上的螃蟹。黎明时分,它们从海岸线潮湿的沙子下面爬出来,奔向大海;他观察着螃蟹如何快速地移动小腿,举着钳子消失在海里。于是,他也轻轻地抬起翅膀,头向前倾着,一小步一小步地从沙滩上钻进清晨的海浪中。其他时候,他也会暗中观察岩石上的螃蟹。它们伪装、缓慢、冷漠,小心翼翼地爬上岩石。它们会在发现危险的第一时间,迅速地躲藏到石头下面或海底。

曾经有两个人带着一种可以望得很远的工具爬到了悬崖上,他们一个很年轻,另一个年长一些。很长一段时间,他们不断地从一块岩石爬到另一块上,一直在观察鸟类的飞行。如果有一只海燕经过,他们就会用工具观察他的飞行轨迹;如果经过的是一群麻雀或是松鸦,他们也会如此。

当拉鲁斯意识到这两个人正在观察他时,他开始展示杂技动作——旋转、俯冲、飞速地滑行,直到那两个人开始嘲笑他,没有跟他打声招呼就走了。

"无聊就像是一个突如其来的气潭。"有一天他的祖父对他说,"如果你在气潭中独自平静地飞行,你翅膀下面的空气突然消失,不能再支撑着你了,你就会坠落。"

"如果你不知道怎么去应对气潭,"这只年迈的海鸥继续说道,"你就会像一块石头一样摔下去。但是如果你能看到它,就可以成功地穿过它。这是一次艰难的飞行,需要经过许许多多的历练,但并不是完全不可能的。对于无聊来说也是如此。"

爷爷想要表达的是什么意思呢?他是想说在无聊中飞行和在气潭中飞行一样吗?

他曾跟着父亲学习过怎样穿越气潭。但是无聊……怎么才能在飞行时不感到无聊呢?

他记得祖父在生命的最后几个星期里,日复一日地栖息在山顶上,避开了肆虐的狂风。他不再飞行,他已经没有力气再飞了。拉鲁斯的父亲负责照顾他,为他带去新鲜滑嫩的沙丁鱼。这位一族之

第十一章

长咬了两口,不情愿地啄食着,没有胃口。在剩下的时间里,他带着一种不同寻常的愉悦表情,视线紧紧地盯着下面,对周围的一切都漠不关心。

"生命是一次奇怪的飞行。"他听到祖父喃喃自语着,"从一个蛋里孵出来,捕食沙丁鱼,又下蛋,然后死去。天知道这是为了什么!"

"爷爷,死的时候会很痛苦吗?"拉鲁斯问道。

"我也不知道,我从来都没经历过死亡,现在我离它不远了。如果你想知道的话,等我死了以后,我飞回来讲给你听。"老海鸥笑着说。

拉鲁斯没有激情地拍打着他的翅膀,气氛十分凝重。他看着眼前这只羽毛都枯萎了的老海鸥,实在不明白他怎么还能笑得出来。没过几天,祖父就去世了,之后他再也没有回来过,也没有给他讲死去的时候会不会感到痛苦。

他一边深思,一边在晴朗的天空中飞来飞去。

在他的下方，渔船在平静的海面上吊起了渔网。

苍鹭总是在那里，在河边佝偻着身子一动不动。鱼鹰依然忙着捕鱼，一会儿钻进河里，一会儿出来。

日复一日，一切都在原本的轨道上运行。

但是拉鲁斯重新振奋起来了。他跺着脚，激动得无法镇定下来。

就因为当初那句"不知道该怎么办"，他开始问自己为什么会有大海和风为什么会吹动，然后他决定摆脱无聊，朝着东北方飞去。

第十二章

他在从未见过的岩石和海湾上空飞过,这里远离索比他海湾,远离他的父亲,也远离他的母亲。他越过了领土的边界,甚至也突破了自己内心的界限。在一段长长的密布着礁石的海岸线尽头,是一片被风吹拂的沙滩。一座雄伟的灰色悬崖矗立在海面上,风沙在悬崖顶端挖出了一个圆形的开口,好像一艘船的舷窗。拉鲁斯在这里停下歇息,梳理着羽翼。

突然间,一股难以忍受的刺鼻的气味笼罩着他。他转向了另一边,发现这种难闻的气味是从下面传来的,由一股汇入大海的黑色溪流蒸发形成，也污染了流经的水和岩石。他从来没有见过这样的溪流。进入雨季，索比他海湾的小河开始上涨，河水变成了褐色，里面还夹杂着从沙滩上冲刷下来的树干和树枝，但是还没有散发臭味。

拉鲁斯还在水中看到了淤泥，水面上还漂浮着吞着死鱼的大老鼠。

习惯了一尘不染的天空、清澈的海水、柏树和百合花的香气，拉鲁斯没有想到，他也会在腐烂的泥土中生活。

"不知道祖父有没有听说过这个地方。"他自言自语着，"不，他肯定没有听说过，他只知道大海、悬崖和鱼；海岸线背后的一切对他来说都是不存在的。"

他转过身来，看到远处的大海像一条银色的细线一样闪闪发光。他飞向小溪下游的山丘，发现自己已经闯入了猛禽——那些肉食者的狩猎禁区。

他小心翼翼地警惕着每个运动着的影子，随时准备逃跑。他洁白的羽毛在棕色的土地和绿色的草地上格外显眼。为了不被敌人发现，他飞得很低。

小溪汇入了一条狭窄幽暗的沟渠，两侧是陡峭的崖壁，上面被树林遮盖住了，进入那里是非常危险的。没有一条能够躲避猛禽攻击的逃生通道是件很致命的事情，但是拉鲁斯并没有想到这一点。

这条溪流沿着山丘先向左延伸，然后向右弯曲，随后再向左弯曲，好像一条长长的黑蛇。在山的北边，人类建造了许多铁架子，时间长了已经生锈，现在被废弃了。周围只有一些摇摇欲坠的小屋，屋顶破损，横梁断裂。再往上游去，在山腹的位置有一个黑暗的洞穴，就像一个巨大的鼹鼠挖的巢穴，在外面堆满了石块和红色的尘屑。风把这些尘屑吹到了叶子上和树林里，看起来像一直是秋天似的。拉鲁斯想起了索比他海湾山上古老的铁矿。

一个巨大的影子向他扑来。

拉鲁斯本能地向一边急转弯，躲到了树枝的后面。他的心脏怦怦跳动的声音在耳朵里听得清清楚楚。那是谁的影子？父亲的话在他耳边回荡："一旦你看到影子迅速扩大并扑向你的时候，就赶快躲起来；如果你没有找到藏身之处，就赶紧潜入水中。"

但是在那里，没有大海。

他屏住呼吸，在枝叶间窥探：在他的上空没有任何东西。一种奇怪的嗡嗡声从山峰上传来，在高耸入云的山顶上，拉鲁斯看到了一只巨大的鸟，它一动不动地待在那儿。它用一只脚直挺挺地站着，俯瞰着整座森林。它有三只翅膀，但与其他鸟类不同的是，它并不拍打自己的翅膀，而是转动着三只翅膀，在空中盘旋，制造出一个对其他鸟都致命的空气旋涡。当风速下降时，翅膀会减慢它们的旋转速度；当风力变强时，翅膀就会加速旋转，甚至快到看不清它们。

拉鲁斯感到很迷惑。

从来没有人给他讲过这样的怪物。他把自己蜷缩在羽毛里，想要慢慢缩小，直到消失。在傍晚的微风中，那些翅膀变得模糊不清了，他只能看到那个高高地屹立在森林之上的巨大爪子，像是一根

巨大的杆子。这时，一只滑翔的鸽子被风卷走，径直奔向了无形的翅膀。

拉鲁斯想要尖叫："小心啊！"

但是他没能及时喊出来。

鸽子被撕成了碎片，羽毛散落一地。

那个怪物没有动。它并没有像拉鲁斯所预料的那样扑向猎物：鸟类通常都是因为饥饿才去追捕猎物，而不是喜欢杀害生命。

拉鲁斯从恐惧中惊醒，重新擦亮了眼睛，专注地盯着那个怪物。随着它的降落，他看清楚了，那些并不是它的翅膀，而是一种类似于渔船螺旋桨形状的金属叶片。

山上的怪物并不是拉鲁斯的恐惧想象出来的，而是一种人类制造的致命机器。

他再次地踏上飞行的旅程，小心翼翼地避开了风力涡轮机。虽然现在天还没亮，海鸥也没有可以在黑夜里看清事物的眼睛。他拖着疲惫的翅膀，空空的肚子里没有食物和水，毕竟沙丁鱼不会在树

第十二章

林里游泳。

"要是能饱餐一顿沙丁鱼就好了!"

他在圣栎树的根部找到了夜晚的庇护所。他感觉到自己的骨头和肌肉都疲惫不堪,就裹紧自己的羽毛睡着了。

家乡的呼唤

第十三章

在一个肥沃的平原上,红色的菊苣、绿色的卷心菜和紫色的甘蓝堆满了田间。一排排的果树被防冰雹网保护了起来,桃子、李子和梨挂在果树上,掩映在枝叶间。奶牛在宽敞的牛棚里被养得肥肥胖胖的,注定成为火腿和香肠的猪也在猪圈里狼吞虎咽地进食。

在平原的中央,有一个垃圾填埋场。几年来,这座垃圾山堆得越来越高,面积逐渐扩大。这些垃圾都来自一座大城市。在山前,平原的边界处,就可以模糊地看到这座城市的建筑物和钟楼。黎明时分,收垃圾的卡车穿过街道和广场在垃圾箱前停下来,把它们倒空,收走装着满满垃圾的塑料袋,在车后留下一条行进的痕迹。卡车从一个小区到另一个小区,收着厨余垃圾、空瓶子、旧鞋子以及其他人类扔掉的废品。直到后面的货车厢塞得满满当当了,它才驶离了住宅区。

当拉鲁斯刚靠近垃圾场的时候,飞来了一群海鸥。他陪着他们在低空中飞行,直到卡车将垃圾都倾倒在垃圾堆上。履带式推土机来回地行驶,把倒出来的垃圾压平,发动机不停地发出轰鸣声,夹杂着浓烟和柴油味。

海鸥们一拥而上,用嘴撕碎袋子,贪婪地翻找着当日新到的垃圾,为了夺得最好的垃圾互相攻击着。在垃圾中间,有像野兔一样大的老鼠、凶猛的野狗、毛发硬且稀疏的野猫。他们相互争吵,经常会有动物因此受伤甚至失去眼睛。

"够了!"他们中间个头最大的一只海鸥大叫道,他的嘴巴很像鹰嘴,爪子上没有脚蹼,像猛禽的爪子一样。

其他动物都面面相觑，十分害怕。

这只巨型海鸥开始用他鹰一般的眼睛审视着周围吵成一团的动物们。他停在一只爪子抓着鳕鱼头的猫面前："这个给我。"他一边说，一边用凶狠的眼神盯着那只秃顶的猫。随后，他把爪子伸向了那个鱼头。

"当然，那是当然的，尊敬的斯格鲁先生。"

"这个我也要。"他继续说道，并将爪子伸到了老鼠嘴里的干奶酪上。

"当然了，尊敬的斯格鲁先生。"小老鼠迅速地松开了嘴里的食物。

"啊，对！这个！还有这个！"这只大海鸥一边咧嘴笑，一边从一只狗的嘴里夺走了剩下的蓝莓馅饼。

被夺走食物的事情不胜枚举。那只大海鸥，"尊敬的"斯格鲁先生，总是四处捕获着最好的食物，吞进肚子里。直到酒足饭饱了，他就飞到一堆废弃的轮胎顶部，在那里统领着整个海鸥群和平原。

他从上面俯瞰整个平原,认为这一切都是他的:鸟群是他的,垃圾场是他的,平原和头顶广阔的天空都是他的。没有人能带走它们。

这只凶猛的海鸥眺望远方,在平原的边界,他看到了一个迅速扩大的白点儿。"一定是一只充满激情又没有一丁点儿经验的海鸥,"他想,"只有他们才会无所顾忌地拍打翅膀。"

那是拉鲁斯。他整个晚上都睡在圣栎树的树根下,忽然间海鸥群的啼鸣声传来,把他吵醒了,他本能地发出了一声父亲教他的"引诱鸟群"的叫声。他刚一进入平原,就看到了成群结队的海鸥在垃圾场的上方飞行着、呐喊着,有一条恶臭的溪流从垃圾填埋场缓缓流出。成千上万的海鸥栖息在电线杆上,或蜷缩在垃圾山脚下。

有几只睡眼惺忪的海鸥看到了拉鲁斯的到来。

拉鲁斯飞行着,他们紧随其后,羡慕他年纪轻轻,可以快速地拍打着洁白的翅膀。

"这是谁啊?"一只好吃懒做的胖鸟叽叽喳喳地叫着。他靠在一棵卷心菜上,对这种热情感到厌烦。

"通常都是试图越过这条线的狡猾的家伙。"旁边的另一只海鸥冷漠地说道。

拉鲁斯直奔山顶。这是一场期待已久、意想不到的相遇,他终于有了朋友。他也终于可以问他们:为什么会有大海?风为什么会吹动?怎么能在无聊中飞行?

第十四章

拉鲁斯越靠近垃圾场,空气中腐烂的气味就变得越强烈。他穿梭在山间的树林里,空气中海洋、刺柏、迷迭香、苔藓和蘑菇咸咸的气味变淡了,现在吸进肚子里的都是垃圾腐臭的气味。

然而,这些偶然遇到的海鸥激励着他继续前行。他迅速地朝着山顶飞去,一边飞一边开心地尖叫着:"朋友们,我在这儿!我叫拉鲁斯!"

突然,就在一瞬间,他坠落在地上,嘴扎进了土里。

第十四章

拉鲁斯吓坏了，他发现自己在地上无法动弹，肌肉酸痛，全身伤痕累累。

"你，你想去哪儿？"一只拥有像鹰一样的眼睛、嘴巴和爪子的海鸥说道，原来是他用爪子将拉鲁斯压倒在地。"你大叫什么？"凶猛的海鸥继续对他说。在这里，所有动物都称呼他为"尊敬的斯格鲁先生"。

"我想按照规矩和族群打招呼。"拉鲁斯气喘吁吁地说，他感到很茫然。

"你在做什么？"斯格鲁很好奇。

"我按照规矩和族群打招呼。"

这位"首领"转向了海鸥们："你们都听到他刚说的话了！他到底在说什么？你们听明白了吗？"

不，没有一只海鸥理解他在说什么。

"族群？什么是族群？我好像听我的祖父讲过。"斯格鲁继续说，"规矩？什么规矩？我就是规矩！不对，我是法律！"他昂首挺

胸，用掠夺者的目光凝视着所有的海鸥。

"现在告诉我你是谁。"他命令道。

"拉鲁斯，我的名字叫拉鲁斯，我来自西南边的悬崖。"

"啊，原来如此！我现在明白了，你是靠捕食沙丁鱼为生的吧，"斯格鲁冷笑道，"原来是个老古董。那你来我们这儿干吗？"

"我很无聊，正在寻找朋友。我在寻找一个可以给我解释为什么会有大海和风为什么会吹动的朋友。"

"正如我怀疑的那样，又是一只来自海边的疯海鸥！他肯定是一天到晚都站在悬崖顶上望着地平线发呆。"

接着，他转向聚集在一起的海鸥群，说道："你们现在明白我的祖父为什么要离开悬崖，来这里组建这个群体了吧？"

海鸥们点了点头。只有拉鲁斯问道："你的祖父？原来他也生活在西南悬崖上吗？是我住的那个悬崖吗？"他惊讶地盯着斯格鲁。

"当然，就是你住的那个西南悬崖。他当时带走了整个海鸥群，只有几个傻瓜仍然留在了岩石间。"

"为什么？为什么你的祖父要离开悬崖呢？他是不是也想找到可以向他解释为什么会有大海和风究竟为什么会吹动的朋友？"

斯格鲁放肆地大笑起来，像是一声咆哮，正好与海鸥群的大合唱相呼应。

"我的祖父来到这里，是因为他再也无法忍受每天要飞行数小时，还要钻进冰冷的海水中以捕捉沙丁鱼为生了。他总是跟我讲，在悬崖的生活非常艰苦，虽然食物很可口，鱼很新鲜，而且……但是这样的生活太煎熬了！这儿多好呀，有免费的午餐，每天不费吹灰之力，就能保证有饭吃。"斯格鲁盯着拉鲁斯的眼睛说，"沙丁鱼杀手，你现在明白了吗？"

拉鲁斯很困惑地点了点头。

"你听着，"斯格鲁接着说，"如果你想留下来，就留下吧；但是你要记住，吃饭要排队：我要先选，剩下的才能给其他海鸥吃。"

第十五章

拉鲁斯不知道应该去哪儿休息,便在风中飞翔,避免闻到底下的臭味。他的影子划过蜷缩在地上的海鸥群:他们好吃懒做,打不起精神,每天都等待着在新运来的垃圾堆里翻找吃的东西;他们从未离开过垃圾场,习惯了飞行时转小弯,已经不再像长距离飞行时那样张开宽阔而坚实的翅膀奋力翱翔了;他们拖着鼓鼓的大肚子,艰难地起飞。拉鲁斯已经习惯了从海里捕食新鲜的鱼,一秒钟也没有想过会靠捡拾垃圾为生。

他观察了一下周围的环境:有一个人类的小型驯马场;一个透

明的塑料大棚，人类在那里种植蘑菇、西葫芦和西红柿；一片废弃的旧农场。有些房屋有门窗，还有些房子的屋顶已经被掀了起来，墙壁也倒塌了。

拉鲁斯被一大片远离垃圾场的杨树林所吸引，那里还没有臭气熏天，于是立刻起程前往。在一块空地的中央有一个池塘，岸边有一些人拿着鱼竿正在钓鱼。拉鲁斯很兴奋。

第二天的黎明时分，当海鸥群还在睡觉、岸边空无一人的时候，拉鲁斯一猛子扎进水中，等他重新浮出水面，嘴里叼着一条还在疯狂挣扎的鳟鱼。他飞到一棵杨树的树枝上休憩，想要安安静静地享用刚刚到嘴的美食。鳟鱼的味道肯定不如海鱼那般鲜美，它很甜，又浑身是泥，但是总比垃圾强多了。

"真是一场精彩的潜水表演！太棒了！"

突然间，斯格鲁出现在他的身边。他鹰一般的眼睛里充满了贪婪的欲望。

"我从来没见过别人捕到这种鱼，这是什么鱼啊？"

第十五章

拉鲁斯心里已经明白了，"这是鳟鱼。"他回答道。

斯格鲁以闪电般的速度抢走了鱼，"我从来都没尝过，它看起来很好吃的样子。"于是，他三口两口地把鱼吞进了肚子里。

拉鲁斯也任凭他抢走鱼。

"我还想吃，再去给我捕一条吧！"他贪婪且凶狠地命令道。

"你自己怎么不去捕呢？"

"因为你才是负责捕鱼的。这样吧，我任命你为我的私人渔夫：每天早晨，你都要捕两条鱼给我当早餐。现在，再去给我捕一条。"他半闭着鹰一样的眼睛看着拉鲁斯，攥紧了爪子。

拉鲁斯飞走了，随后带着另一条鱼归来。

由于饥饿，他开始觉得力不从心了。他看着正在吞食那条肥美的鳟鱼的斯格鲁，期待斯格鲁能给自己留一点儿。然而，斯格鲁并没有，他津津有味地把那条鱼吃了个精光。

"棒极了！棒极了！优秀的渔夫！明天早上我还要两条：你把它们给我带到那里。"他指着垃圾堆的最高处命令道。

斯格鲁看到了拉鲁斯忧郁的表情，试图安抚他。

"你怎么了？你不高兴吗？你现在可是我的私人渔夫，你有特权可以飞到顶上去，其他海鸥我可都是不允许上去的。你把鳟鱼给我送过来之后，可以随意享用从城市里新运来的垃圾。"

"我来这儿不是为了填饱肚子的，更不是为了吃那些垃圾。"

"我懂，我懂。你来这儿是为了弄清楚风为什么会吹动。"斯格鲁嘲笑着他，"但是你很快便会忘了的，就像其他海鸥那样，你也会习惯免费的午餐。"拉鲁斯默不作声。他看着斯格鲁因为吃得太撑，连起飞都变得很艰难。接着，他拖着疲惫不堪的身躯，第三次回到了池塘，用尽最后的一点儿力气又捕到了一条鳟鱼，躲到灌木丛里偷偷地享用。

第十六章

为了不用再忍受垃圾堆的恶臭,拉鲁斯飞向了远离垃圾场的地方。晚上当他准备睡觉的时候,先是判断了一下风向,然后背对着微风的方向睡着了。

他的羽毛还散发着大海的味道,他不想让自己闻起来像一个腐烂的甜瓜。

在黑暗中,拉鲁斯被夜间掠食者捕获的小鸡发出的绝望叫声吵醒了。猫头鹰们无声无息地抢掠着。他看到一个模糊不清的黑色轮廓飞到空中,爪子抓着猎物,身体变得很沉重。

在黎明之前，当熟睡的海鸥群还在打鼾的时候，拉鲁斯就张开翅膀，不情愿地潜入池塘去捕第一条鳟鱼。他用嘴叼着，把它送到了垃圾堆顶上的一堆轮胎下面，那里正是斯格鲁睡觉的地方。他真的不想屈服于斯格鲁横行霸道的那一套。尽管如此，他还是乖巧地听了斯格鲁的话，又回去捕了第二条鳟鱼，这是他留在平原上的代价。他忍受着这样的虐待，因为他希望可以与众多海鸥待在一起，不再觉得孤独，而且迟早他会遇到另一只海鸥，能和他一起切磋飞行技艺、探索未知区域、学习更多的新鲜事物。随后，他又捕了第三条鳟鱼作为他的早餐，飞到灌木丛中独自享用。

在杨树枝和蒺藜篱笆上，生活着一群色彩斑斓的鸟：有一群黄色、绿色和蓝色的鹦鹉，还有梅花雀和鸫鸟。他们都是从笼子里逃出来，然后漂洋过海飞到这儿来的。当百鸟齐鸣的时候，这里就像索比他海湾的鱼市一样喧闹。

拉鲁斯凝视着那些华丽多彩的羽毛，首先研究了他们的飞行方式。梅花雀在树枝和树篱间快速地穿梭，拉鲁斯被他深深吸引了。

第十六章

他能迅速地消失在黄杨树的叶子后面，躲在一根非常细的树枝顶端，最重要的是，他会用树叶伪装自己，敏捷地从一根树枝转移到另一根上。

拉鲁斯被那种奇异的飞行所吸引。以前他只在广阔自由的空间飞行，从没经历过狭窄和错综复杂的路径。于是他开始紧随其后，想要一探杂技飞行的秘密。他先飞到杨树叶间的高空，再向下俯冲到草地上，然后在低空飞行。他太靠近地面了，翅膀太长以至于无法转向，因此拉鲁斯被迫升高，开始了新一轮的滑行。

梅花雀飞进了小树林，在树干、枝叶间展示着快速的飞行技巧。进入这样一个狭窄的飞行走廊，对于拉鲁斯的翼展来说根本无法通行。但他还冒着撞到树干的风险，继续向前艰难地飞行。最后，梅花雀钻进篱笆上一个只能通过一只鹪鹩的小洞，便不见了。

拉鲁斯不得不停下来。海鸥硕大的身体无法钻进密密的篱笆。

梅花雀再次出现在杨树枝上，高兴地叽叽喳喳地叫着。

我们就是不一样。有些事情即使他非常想做，也无法实现；即使他尽了最大的努力，他也永远无法做到。

拉鲁斯看着梅花雀像一个胜利者那样歌唱，仔细观察着那个可以在树枝上做出杂技动作的身体。不过，就凭那个小身板，他永远无法捕捉到鳟鱼，沙丁鱼也不行。

"我们就是不一样。"他想，"我可以做他永远都做不到的事情。"

第十七章

在某些日子里,伴随着嘈杂的金属碰撞的声音和刺耳的鸣笛声,凛冽的北风迅速地掠过平原。如果天气晴朗,足以眺望远方的话,拉鲁斯就站在杨树最高的树梢上,看着一列发出巨大声响的火车飞驰在铁轨上。

"火车,人类就是这么称呼那条吹着口哨的红蛇的。"拉鲁斯一边看着它迅速地驶向远方,一边想着,"它跑得好快呀!"他对此很着迷,"总有一天,我要让你看看咱们谁更快。"他自言自语道。他想向火车提出挑战,只是还在等待合适的时机。

秋天到了，白昼开始变短。浓雾笼罩着树木和房屋，突然下起了倾盆大雨。

每天早晨，从池塘里捕鳟鱼并送到斯格鲁那里，已经变成了一项艰巨而复杂的工作。他再也受不了为那个贪婪又霸道的家伙服务了。现在他终于明白自己有多天真了：他遇到的所有海鸥都不能陪他长距离地飞行，或者是在空中完成高难度的动作。如果他试图与别人搭话，多数情况下他都会被忽视。他想跟别人聊聊风速，采用哪种飞行姿势最舒服，或是怎么乘上升气流迅速地恢复飞行高度；最重要的是，他想知道为什么会有大海和风为什么会吹动。但是没有人懂得倾听。他们更愿意聊前一天晚上吃了什么，黄瓜皮比西瓜子好吃多少倍，还等着午餐时去翻垃圾，期待着又会有什么新收获。

拉鲁斯仍然感到孤独。在成千上万只海鸥中间，他的孤独感与日俱增，甚至比在索比他海湾的时候还要强烈。还有斯格鲁，那个家伙从来不给他喘息的机会："如果你想留在我们这儿，这就是代

价。"他不能迟到。

海鸥群在倾盆大雨中一动不动,羽毛被雨水打湿,还沾上了泥土。这场雨已经持续几个礼拜了。大量的雨水从乌云密布的天空中不停地落下,鳟鱼的池塘都快要溢出来了。田野两侧的运河里,水也已经涨到了岸边。从垃圾山上流下的污水也汇入排水沟,快要溢出来了。在田野里,大水坑逐渐扩大,淹没了地面。

一天晚上,拉鲁斯为了躲避狂风暴雨,飞进了一个屋顶破损的老旧小屋里。伴随着闪电、大雨和狂风,他躲在屋里最隐蔽的角落里的一根横梁上,疲惫地睡着了。

迷迷糊糊中,他听到平时在晚上睡觉的动物和鸟儿们在四处逃跑,狗吠声传遍了平原的每一个角落,奶牛开始在牛棚里吼叫和乱踢,猪在猪圈里惊恐地尖叫。

黎明时分,平原消失了,取而代之的是一片大海,一片被大地染了色的海水。云已经散去了,天空一尘不染。

在晴朗的晨光中,垃圾山看起来像一块巨大的岩石,整个海鸥

第十七章

群都栖息在此。斯格鲁待在轮胎堆成的塔的顶端,凌驾于整个海鸥群之上,不安地喊叫着。在被水淹没的农舍的屋顶上,男女老少都在向来营救他们到安全地带的直升机挥手。

在被水淹没的垃圾场两侧,偶尔会有装满垃圾的塑料袋被水流冲走,最终消失在田野和果园里。在街道两旁一排排的树木中间,穿着工作服、戴着头盔的人坐着摩托艇前行,营救着被水流冲散的家庭。

拉鲁斯飞了起来。这是他第一次在房屋、街道和一排排树林中间看到如此混乱的大海。

海里还会有鱼吗?

他掠地飞行,试图在泥水里找到一些躁动不安的泥鳅。但是他只看到了海狸鼠在静静地游泳,鸭子们在愉快地戏水。

火车的鸣笛声好像扁平的鹅卵石砸在水面上一样,发出悠扬的回声。拉鲁斯奋力地拍打翅膀,转过身去追赶鸣笛声。

铁路在一条比水位线高出许多的堤坝上延伸到远方,红色的

"蛇"像往日那样,在大山脚下,沿着地平线,朝着城市疾驶而去,对周围的一切都无动于衷。

第十八章

汽笛声跑得太快了,拉鲁斯望尘莫及。他甚至都来不及靠近。顷刻间,那条"蛇"已经溜走了,消失在路的尽头。于是他放慢了拍打翅膀的速度,慢慢地滑行,然后落在了仍在震动的铁轨上。他看到了和索比他海湾的山上一样的铁轨:在他祖父的那个年代,人类在山里挖掘矿藏,铁轨从山里一直延伸到港口,到处都停放着生锈的货车,像周围其他东西一样被遗弃在那里。

然而,那里的铁轨更窄,并且盘山而建;这里的铁轨则更宽更直，在远处的某一点交会。

"如果两条铁轨交会了，那么那条'蛇'怎么过去呢？"拉鲁斯百思不得其解。

于是，他朝着那个交会点前进。但奇怪的是，拉鲁斯越向前飞，那个交会点似乎越向后退。他加速前进，那个点又开始跟他以相同的速度后退。他开始快速地飞行，更快、超级快，但是那个点也同样迅速地跑掉了。

接着，震耳欲聋的鸣笛声突然传来。

拉鲁斯迅速地转过身，看到那条红色的"蛇"正全速向他冲过来。随后又传来一声更刺耳响亮的鸣笛，拉鲁斯突然惊醒，他张开翅膀，及时飞离铁轨，逃过了一劫。

空气的流动让拉鲁斯无法保持飞行的姿势，随着最后一节车厢飞驰而过，这种气流又形成了气旋，吹得拉鲁斯踉踉跄跄。强大的吸力使他完全失去了平衡，在铁轨、鹅卵石和混凝土枕木之间来回翻滚。

第十八章

他失去了知觉,凌乱的羽毛有的折断了,他看着火车消失在轨道的交会点。

"有时候我也想要尝试,但是它太快了。"一个清脆的声音说道。

拉鲁斯抬起头,从声音传来的那根杆子上,看到一只小海鸥正凝视着他。

"是的,它真的很快。"他表示认同,"但我会再试一次。我想知道我到底能不能跟上它。"

"你应该去跟那些白色的一起练习,它们开得比较慢;对于没有受过训练的海鸥来说,红色的实在是太快了。"

"还有白色的'蛇'吗?"

"当然。过不了多久就会有一列经过这儿,我就在等它呢。"

"你为什么要等它?"

"我想要跳到它上面去,我喜欢风驰电掣的速度感。"

她随即望向远方,说道:"你最好还是离开那儿,它会在刹那间开到那儿的。"

拉鲁斯跟着她飞到了杆子的顶端。

在那里,他看到一个类似河坝的铁路堤坝,将平原一分为二,淹没在大地色的大海中。

"就是它了!"小海鸥指着火车正在驶来的方向说道。

那是一列白色的火车,比红色的火车要慢很多。它疾速地前进,当行驶到杆子附近时,小海鸥飞了起来。拉鲁斯本能地跟上她。她快速地向火车俯冲,他也紧随其后。他们落在了列车车头的顶上,为了防止被风吹下去,他们紧挨着彼此,用爪子抓紧一根铁栏杆。拉鲁斯目视前方,寻找铁轨的交会点;他惊讶地发现那个点根本不存在,那只是他眼睛的错觉。

"这条'蛇'要去哪儿?"他问小海鸥。

"去城市里。"

"然后呢?"

"再回去。"

第十八章

"为什么?"

"因为我喜欢旅游,而城市是一成不变的。"

"你喜欢垃圾场吗?"

"不,我完全受不了。我住在那儿。"她转过身,指向一个有仓库和生锈的铁架子的废弃工厂,"不久,我就会离开。"

"去哪儿?"

"我不知道,但是我会离开。"

小海鸥专注地看着拉鲁斯,似乎在嗅他身上的气味,"你有一种很奇怪的气味,不是其他海鸥那种腐烂的味道。你是从哪里来的?"

"我来自西南边的悬崖,你听说过吗?"

"悬崖?没听说过。那是什么地方?"

"那是我出生的地方,在海边的高高的岩石上。"

"我从来没去过大海。在那里的生活好吗?"

"非常好,但是我有点儿厌倦了。除了父母以外,那里没有其他海鸥。我的朋友苍鹭、长嘴鸟和鱼鹰总是待在水中捕鱼,他们从来不想飞。而我真的很喜欢飞翔和探索,别的我都不感兴趣。"

"我懂了。这就是我想做的,飞离这里。西南悬崖在哪儿呀?"

"在平原和山丘的那边。"

"天哪!那一定会是一段美丽的旅途。但是我还没有决定到底要不要去那里。真的值得付出如此的辛劳吗?"

拉鲁斯没有回答。

从垃圾场那里,他可以遥望远处地平线上渺小的城市。现在,随着火车驶近,城市里的高大建筑物、塔和钟楼都变得越来越清晰。

空气中的气味变了:垃圾填埋场里的腐烂气味消失了,取而代之的是一股刺鼻的气味。这股味刺激喉咙,会使肺部感染发炎。

火车驶入城市的中心区,速度逐渐慢了下来。在大街小巷,轿车、公交车和摩托车的发动机和喇叭的声音震耳欲聋,此起彼伏。这是拉鲁斯第一次见到大都市,他感到震惊、着迷。他观察着、倾听着、嗅闻着,陶醉在全新的感官世界。

"再见啦!"小海鸥跟他打招呼。

拉鲁斯看着她,但是注意力全都集中在城市上。

"为什么要说再见?"

"因为我要回去了。"

"这么快吗?"

"对。"

"你不想再逛逛吗?"

"不了。"话音刚落,小海鸥张开翅膀,迅速从屋顶上腾空而起,消失在她来的方向。

第十九章

在索比他海湾的时候,拉鲁斯曾栖息在小镇中心唯一一座教堂的钟楼上,密切关注着每个渔民家的屋顶。一只跳跃的麻雀,一只围着正在屋檐下的临时巢穴中孵蛋的雌鸽团团转的懒鸽子,都令他感到好奇。

现在,在这个遍布着塔和钟楼的城市里,拉鲁斯登上塔尖眺望,目光所及之处都是建筑物的屋顶,数不胜数。垃圾的臭味逐渐变淡了,呼吸也不再那么困难了。

一只洁白的鸽子在一个鲜花盛开的阳台栏杆上起飞。她在茉莉花和玫瑰花的枝叶间筑巢，紧贴着房子的墙壁。她还没有飞多长时间，有一只海鸥来到她的身边，用嘴狠狠地咬断了她的脖子，将她重重地摔在了人来人往的人行道上。接着，那只海鸥在惨遭毒手的鸽子上方滑行，而后迅速地啄食起来。人们试图驱赶他，但是他厚颜无耻地张开翅膀，开始袭击每个接近他的人，保护着自己的大餐。

拉鲁斯大惊失色。一只海鸥像猛禽一样擒住了一只鸟，现在竟然还对人类发起了攻击。

他不明白。

他的父亲曾告诫他，在人类和海鸥之间一直都有一个契约——人类不杀害海鸥。当渔民们收起满载而归的渔网时，他们会送给海鸥一些鱼；作为回报，海鸥会在海面上飞行，给渔民们指引大片鱼群聚集的地方。

他很困惑。

他没想到海鸥的血管里竟流淌着吞食鸟类的猛禽的血液；他更

第十九章

无法想象，他们竟然准备打破与人类的古老契约。

他们的内心到底经历了什么？

在他的下方，一个靠近烟囱的海鸥的巢穴里，一只鸽子正在吞食刚刚破壳而出的小鸟。

过了一会儿，几只黑色的乌鸦钻进了鸽子的巢穴，来偷食他们的蛋。在巨大的屋顶上，白色、黑色、灰色和黄褐色的翅膀持续交战。又过了一会儿，在公园里，人类在地上撒了些面包屑，成群的麻雀与色彩斑斓的鹦鹉又开战了。

拉鲁斯对这些贪婪的行为感到疑惑不解。事实上，那些鸟和他在索比他海湾的朋友并没有什么差别，他们只关心怎么填饱肚子。

剩下的几天里，拉鲁斯都在塔尖上度日，没有感觉到口渴或饥饿，直到太阳消失在屋顶后面的地平线上。然而，即使太阳下山了，天空也没有暗下来。夜晚不再是真正的夜晚了。城市里绚烂旖旎的灯光在天空的穹顶上形成一层发光的面纱，驱逐了黑暗。而在悬崖上，夜晚是真正的夜晚。在万里无云的夜空中，只有满月的光辉才能显得星星暗淡无光。

其他夜晚，并非如此。它们属于星座的奥秘。

"那些遥远的光点隐藏着世界上最深的秘密，"他回忆起母亲的话，"星座隐藏着每只海鸥心中的秘密。如果你学着去解读它们，你就会知道所有海鸥的心思。"

拉鲁斯不明白海鸥的心中藏有什么秘密。他抬起头，寻觅着隐藏在巨大光芒之下的星星的奥秘。

"我们心中究竟隐藏着什么秘密呢？"他想要询问夜空的星座。

但夜空掩映在发光的薄雾中，悄然无声。

第二十章

海鸥的心中到底藏有什么秘密?

在接下来的日子里,这个问题好像一个疯狂的皮球一样在拉鲁斯的脑袋里弹来弹去。他飞越鳞次栉比的屋顶,避开天线,绕过散发出热量和烧焦气味的巨大烟囱,到处寻找着答案,却找不到。他不同于其他鸟类,从来没有降落在人来人往的人行道上,也不会去翻找垃圾。只有一次为了解渴,他冒着被猫抓住的风险,去接近一个大宫殿广场上的喷泉。最终,他惊险地逃脱了猫的魔掌,但是嘴巴连水都没沾到。

最近，又有一群海鸥来到了这座城市。他们赶走了鸽子和乌鸦，占领了大面积的地盘。其他海鸥则住在流经建筑物和教堂的河岸边和大桥下面。

拉鲁斯沿着岸边飞行，看到了几只似曾相识的海鸥。他们离得更近了。

"嘿，渔夫！"他听到了一个熟悉的声音。斯格鲁正看着他。

拉鲁斯有些吃力地认出了他：他变得十分消瘦，翅膀也下垂着，没有力气，就连声音也失去了往日的傲慢。

"渔夫，我很饿，你能给我捕一条鳟鱼吗？"

"你在这儿做什么？你不是应该待在垃圾场吗？"

"垃圾场没了，人类把它摧毁了。"

"什么意思？"

"洪水过后，运送垃圾的卡车就不再来了，反而来了很多装着土的车。他们将一切都掩埋了，现在什么吃的都没了，只剩下一个小土丘。"

"所以你来这儿了，那其他海鸥呢？"

"不是所有海鸥都来了，来的只有那些还记得如何飞行的海鸥。"

拉鲁斯产生了一种新的、奇怪的、无法言喻的感觉。

"去吧渔夫，我要饿死了。快去给我捕条鳟鱼来。"

"这儿没有鳟鱼。"

"我在水里看到了一些鱼。"

"这里有雅罗鱼、鲅鱼和河鲈，但是没有鳟鱼。"

"这些鱼好吃吗？"

"它们有很多刺。"

"没关系！我快死了！求求你了！"

"为什么你自己不去捕鱼？你要通过努力去获得。"

"我试过，相信我，但是我不知道该怎么做。"

"你不会捕鱼吗？你可是一只海鸥啊！怎么可能不会？"

"我从来没有捕过鱼。我出生在垃圾场，没有人教过我捕鱼。"

那个曾让他感到恐惧的、傲慢的海鸥斯格鲁，现在正卑微地恳求着他。"一只不知道如何捕鱼的海鸥还能称得上是海鸥吗？"拉鲁斯问自己。

"你看着我，"他盯着斯格鲁说，"我再为你捕最后一次鱼。你好好看着我是怎么做的，记住了。"

拉鲁斯张开了翅膀。他不再拥有年轻海鸥那一身洁白的羽毛了，他的翅膀和尾巴上不断长出新的灰色的成年羽毛。他强劲有力的胸膛掠过天空，翅膀上结实的肌肉使他保持着完美的飞行姿势。他越过杨树的树梢，紧接着一个令人晕眩的急转直下，一猛子扎进水中。他在视野中消失了片刻，等重新出现的时候，嘴里叼着一条肥美的鲅鱼。

"再见了。"他把鱼留给斯格鲁，对他说道。这只大海鸥开始贪婪地大快朵颐起来，甚至连句谢谢都没有说。

第二十一章

是时候该回去了。

拉鲁斯沿着铁路飞行,一列列红色和白色的火车来来往往。大海和空旷的天空召唤着他,他挥动翅膀向前飞去。隔着很远的距离,他就认出了废弃工厂的铁架子和仓库,那是小海鸥的家。他很好奇,想要过去看一看。

"她不在。"一只喜鹊告诉他,"谁要找她?"

"是我。我只是想……"

"她走了,"喜鹊打断了他,"那只自以为是、精神失常的鸟已经离开了。她什么也没带，就飞走了。"

"你知道她去哪儿了吗？"

"大海？啊，这不是真的！我不知道大海在哪儿，反正也不感兴趣。那个傻孩子曾提到过大海的……岩石……我甚至都不知道那是什么。可想而知，我更不知道它们在哪儿！"

拉鲁斯重新踏上了归途。

在平原中央，原来堆放着垃圾的地方，出现了一座被红色的夹竹桃、白玫瑰、黄色的鹰爪豆围绕着的小山丘。椴树和杨树整齐地排列在山坡上，山鸡四处啄着食。梅花雀小而快的身体欢快地飞着，越过了麻雀和鸫鸟。

每隔一段距离，就有一根低矮的烟囱拔地而起。在鲜花盛开的草毯下面，垃圾山在无形地发酵。

空气中不再散发出腐烂的气味。恶臭的水流逐渐变成了干涸的小溪。拉鲁斯沿着溪水飞到它的下游，在那里它汇入了山丘的沟渠中。

第二十一章

他记得这里的一切：风力涡轮机，他都躲它远远的；那些摇摇欲坠的小屋，屋顶破损，横梁断裂；他认出了那个穿过山丘腹部的暗洞，就像是一个巨大的鼹鼠挖的巢穴，红色的尘屑落在树叶上，使整座森林看起来像一直是秋天似的。

他镇定自若地快速飞行，虽然正在穿越猛禽的地盘，但他丝毫不害怕被看到或者被袭击。他勇往直前，坚定有力地向前飞去。离开了森林，他看到落日的余晖洒在海面上，二者交会的边界闪闪发光。

清新的空气拂过他的羽毛，他再次闻到了空气里那股如此熟悉的咸咸的味道。广袤无垠的天空向各个方向自由地延伸着，纵使距离西南悬崖还很遥远，他还要沿着海岸线飞行很久才能到达，但空气中蜡菊的芬芳气味让他觉得就像在家一样舒适自在。当夜幕即将降临时，拉鲁斯收起疲惫的翅膀，降落在去时他曾栖息过的高耸悬崖上休息。岩石底部不再散发出恶臭的气味了，腐烂的黑色淤泥消失了，浮在水面的大老鼠也不见了，只有清澈的海水拍打着岩石。

太阳已经下山了,伴随着最后一缕余晖,他在低潮中看到一条孤独的鲻鱼。他敏捷地捕到了它。时隔这么久,他都快忘了这种鱼放在嘴里是什么滋味。

转眼间夜幕降临,星星们如期而至。没有任何强烈的光线可以掩盖它们的光芒。这是一个无月之夜,具体说应该是新月之夜,他认出了远处索比他海港房屋里的昏暗灯光。在海面上,一些渔船上的航行灯闪烁着。在万里无云的夜空中,点缀着一群群明亮璀璨的繁星:东边的是巨蟹星座,西边的是海鳝星座,下面的是狼鲈星座,最远的那个是章鱼星座。而在它们中间闪闪发光的是沙丁鱼星座:繁星点点,就像是一群聚集在一起的沙丁鱼一样。

那是他出生时的星座。

第二天,拉鲁斯沿着被风拂过的沙质海岸,飞回了西南悬崖。

明天,他要庆祝他的归来。

他想去见他的那些老朋友:那只嘴巴弯曲的长嘴鸟和那只苍鹭,他们总是待在河边一动不动,将爪子浸在水里,等待着鱼经过;还

有那只在水里忙进忙出、专心捕捉鱼虾的鱼鹰。

明天，也许他会遇到那只对大海着迷、对飞行充满热情的小海鸥。她从废弃工厂逃走，远离了那只蛮横无理的喜鹊。明天，他还要飞越索比他海港房屋的屋顶，用成年海鸥的呼喊声和出海的渔民打招呼。

就在明天。

但是现在夜深了，周围的一切都进入了梦乡，只有一个黑影站在山峰顶端，那正是拉鲁斯在凝视绚烂辉煌的宇宙。他把这里当作自己的家乡，一切看起来都那么神秘、令人着迷。他抬着头，如痴如醉地观察着半球边缘的星星，研究着星座，决心揭开秘密中的秘密：海鸥的心里到底藏有什么秘密呢？

致　谢

　　这个故事的灵感来源于我多年来与我的朋友弗兰克·贝托萨的对话。弗兰克·贝托萨先生是博洛尼亚内部空间与环境协会的会长，也是一位孜孜不倦的教育家，对于想要了解所有关于世界和人类故事起源的人来说，是一个不可或缺的良师。

　　我还要感谢我的朋友贝佩·起亚以及他热情的款待，正是在他美丽的家乡撒丁岛上，我才结识了故事中那只在波尔蒂克杜悬崖和海滩上空孤零零飞翔的海鸥拉鲁斯。

　　然而，如果在我的学习生涯中没有遇到安东尼奥·法蒂，这部作品也不可能问世。他悉心教导我儿童文学的价值，他是我的老师，更是人生导师。